3至4歲

熊寶寶吃蛋糕

新雅文化事業有限公司
www.sunya.com.hk

熊寶寶趣味階梯閱讀（3 至 4 歲）

熊寶寶吃蛋糕

作　　者：譚麗霞
繪　　圖：野人
責任編輯：黃花窗
美術設計：陳雅琳
出　　版：新雅文化事業有限公司
　　　　　香港英皇道 499 號北角工業大廈 18 樓
　　　　　電話：（852）2138 7998
　　　　　傳真：（852）2597 4003
　　　　　網址：http://www.sunya.com.hk
　　　　　電郵：marketing@sunya.com.hk
發　　行：香港聯合書刊物流有限公司
　　　　　香港新界大埔汀麗路 36 號中華商務印刷大廈 3 字樓
　　　　　電話：（852）2150 2100
　　　　　傳真：（852）2407 3062
　　　　　電郵：info@suplogistics.com.hk
印　　刷：中華商務彩色印刷有限公司
　　　　　香港新界大埔汀麗路 36 號
版　　次：二〇一七年七月初版

ISBN: 978-962-08-6834-4
© 2017 Sun Ya Publications (HK) Ltd.
18/F, North Point Industrial Building, 499 King's Road, Hong Kong
Published and printed in Hong Kong

導讀

《熊寶寶趣味階梯閱讀》系列的設計是用簡短生動的故事，幫助孩子識字及擴充詞彙量，並從中學習簡單的語法及日常生活常識。這輯的故事是專為三至四歲的孩子而編寫的，這個階段的孩子剛開始識字，請父母先跟孩子共讀這些故事數次，然後讓孩子試試自己認字及朗讀。每一本書都精選一些常用字和基本句式，幫助孩子培養閱讀習慣，學會獨立閱讀並愛上閱讀，逐步增強自己的語言及思考能力。

語言學習重點

父母與孩子共讀《熊寶寶吃蛋糕》時，可以引導孩子多學多講，例如：

❶ 請孩子說說他所知道的甜品名稱。

❷ 請孩子用更多的細節去描述這些甜品。例如：蛋糕、草莓蛋糕、草莓奶油蛋糕。

❸ 指導孩子用同義詞或近義詞。例如：大叫、尖叫。

❹ 向孩子解釋怎樣加上詞語去擴充句子。例如：熊媽媽不理他。熊媽媽還是不理他。熊媽媽仍是不理他。

親子閱讀話題

本故事還蘊含了「有禮貌」的主題，父母可以把握機會，在共讀的過程之中對孩子進行品德教育。例如：問問孩子為什麼熊媽媽在故事開始時不理會熊寶寶？如果只會大吵大叫的，是不是就能得到自己想要的東西？……如果孩子一時未能回答這些問題，不用苦苦追問。父母在孩子年幼時，就以身作則，向他們示範在向別人提出要求時，要說「請」，在接受了別人的幫忙和禮物之後，要說「謝謝」，孩子在耳濡目染之下，自然而然會將這些禮貌用語掛在嘴邊，成為一個好習慣。

譚麗霞

xióng bǎo bao dà jiào
熊寶寶大叫：「gěi wǒ yí kuài dàn gāo
給我一塊蛋糕！」

xióng mā ma bù lǐ tā
熊媽媽不理他。

熊寶寶大叫：「給我一塊草莓蛋糕！」

熊媽媽還是不理他。

xióng bǎo bao jiān jiào　　　　　gěi wǒ yí kuài
熊 寶 寶 尖 叫：「給 我 一 塊

cǎo méi nǎi yóu dàn gāo
草 莓 奶 油 蛋 糕！」

xióng mā ma réng shì bù lǐ tā
熊媽媽仍是不理他。

xióng bǎo bao shuō
mā
熊寶寶說：「媽
ma qǐng gěi wǒ yí kuài dàn gāo
媽，請給我一塊蛋糕。」

熊媽媽給了熊寶寶一塊草莓奶油蛋糕，説：「現在你要説什麼？」

熊寶寶馬上説：「謝謝！」然後一口就把蛋糕吃掉了！

Bobo Bear Eats Cake

P.4 "Give me a slice of cake!" yells Bobo Bear.

P.5 Mama Bear ignores him.

P.6 "Give me a slice of strawberry cake!" shouts Bobo Bear.

P.7 But still, Mama Bear ignores him.

P.8 "Give me a slice of strawberry cream cake!" screams Bobo Bear.

P.9 But Mama Bear continues to ignore him.

P.10 "Mummy, please give me a slice of cake," says Bobo Bear.

P.11 Mama Bear gives Bo Bo Bear a slice of strawberry cream cake and asks, "What do you say?"
"Thank you!" says Bobo Bear. He then eats the cake up in a single gulp!

親子共讀

1 講述故事前，爸媽先把故事看一遍。

2 講述故事時，引導孩子透過插圖、自己的相關生活經驗、故事中的重複句式等，來猜測生字的意思和讀音。

3 爸媽可於親子共讀時，運用以下的問題，幫助孩子理解故事，加深他們對新字詞的認識；並透過故事當中的意義，給予他們心靈的養料。

建議問題：

封面：從書名《熊寶寶吃蛋糕》，猜一猜熊寶寶喜歡吃什麼蛋糕，以及他能不能如願地吃到蛋糕。

P. 4：熊寶寶要求吃什麼？

P. 5：為何熊媽媽不理會熊寶寶？

P. 6：熊寶寶要求吃什麼味道的蛋糕？

P. 7：為何熊媽媽還是不理會熊寶寶？

P. 8：熊寶寶要求吃什麼味道和款式的蛋糕？

P. 9：為何熊媽媽仍是不理會熊寶寶？

P. 10：熊寶寶用了一個「魔法字」使熊媽媽答允，那個是什麼字？

P. 11：熊寶寶説了什麼有禮貌的話？

其他：你喜歡吃蛋糕嗎？你喜歡吃什麼蛋糕？

　　　熊寶寶開初不會説「請」，你遇過像他的朋友嗎？當時的情況是怎樣的？你是怎樣應對的？

4 與孩子共讀數次後，請孩子以手指點讀的方式，一字一音把故事讀出來。如孩子不會讀某些字詞，爸媽可給予提示，協助孩子完整地把故事讀一次。

5 待孩子有信心時，可請他自行把故事讀一次。

識字活動

請撕下字卡，配合以下的識字活動，讓孩子掌握生字的字形、字音和字義。

指物認名：選取適當的字卡，將字卡配對故事中的圖畫或生活中的實物，讓孩子有效地把物件及其名稱聯繫起來。
☆ 字卡例子：熊、蛋糕、草莓

動感識字：選取適當的字卡，為字卡設計配合的動作，與孩子從身體動作中，感知文字內涵的不同意義，例如：情感、動作。
☆ 字卡例子：大叫、請、不理

字源識字：選取適當的字卡，觀察文字中的圖像元素，推測生字的意思。
☆ 字卡例子：一口、尖叫、吃掉，用圓點標示的字同屬「口」部

字形：像人的口形。（象形）
字源：張開的嘴，最初是半圓形，漸漸把圓形畫成了四方形，就變成今天「口」字的寫法。

字源識字：口部

句式練習

準備一些實物或道具，與孩子以模擬遊戲的方式，練習以下的句式。

句式：角色一：請給我 _____ 。
　　　角色二：[配合角色一作出回應]
　　　角色一：謝謝！

例子：角色一：請給我一個蘋果。
　　　角色二：[配合角色一作出回應]
　　　角色一：謝謝！

識字遊戲

　　待孩子熟習本書的生字後，可使用字卡，配合以下適當的識字遊戲，讓孩子從遊戲中溫故知新。

眼明手快：選取一些字卡，排列在桌子上。一位成人負責發出指示，例如：「請取『媽媽』字卡。」請孩子與同伴或另一位成人比賽，看誰能最快從桌子上找出「媽媽」字卡，讓孩子從遊戲中複習字音和字形。

小貼士 每次選取不同組合的字卡，並排列在不同的位置。

觸感寫字：在一個深色的淺盤上，倒入小米、米粒或麵粉等觸感材料，然後選取一些字卡，牽引孩子的手指在觸感材料上寫字，讓孩子從遊戲中複習字形。

小貼士 如孩子有能力或感興趣，可讓孩子自行在觸感材料上寫字。

創意無限：選取一些字卡，並放在神秘袋內，請孩子抽取一張字卡，並創作詞組或短句，例如：「熊」可組成「熊爸爸」、「熊貓」、「大熊」、「小熊」等，讓孩子從遊戲中複習字義，並擴充詞彙量。

小貼士 可變化抽取字卡的數量，來創作句子或短故事。

熊

熊寶寶吃蛋糕

寶 寶

熊寶寶吃蛋糕

媽 媽

熊寶寶吃蛋糕

他

熊寶寶吃蛋糕

你

熊寶寶吃蛋糕

我

熊寶寶吃蛋糕

一 塊

熊寶寶吃蛋糕

蛋 糕

熊寶寶吃蛋糕

草 莓

熊寶寶吃蛋糕

奶 油

熊寶寶吃蛋糕

給

熊寶寶吃蛋糕

請

熊寶寶吃蛋糕

大叫

尖叫

吃掉

熊寶寶吃蛋糕
熊寶寶吃蛋糕
熊寶寶吃蛋糕

説

一口

不理

熊寶寶吃蛋糕
熊寶寶吃蛋糕
熊寶寶吃蛋糕

還是

仍是

馬上

熊寶寶吃蛋糕
熊寶寶吃蛋糕
熊寶寶吃蛋糕

謝謝

現在

然後

熊寶寶吃蛋糕
熊寶寶吃蛋糕
熊寶寶吃蛋糕